I0681092

Jack London

Die Perle

CLASSIC PAGES

London, Jack

Die Perle

Reihe: *classic pages*

ISBN: 978-3-86741-316-9

Auflage: 1
Erscheinungsjahr: 2010
Erscheinungsort: Bremen, Deutschland

© Europäischer Hochschulverlag GmbH & Co KG, Fahrenheitstr. 1, 28359 Bremen (www.eh-verlag.de). Alle Rechte beim Verlag und bei den jeweiligen Lizenzgebern.

Cover: Foto © Sigrid Roßmann/Pixelio

Die Perle

Trotz ihrer schwerfälligen, plumpen Linien war die Aorai in der schwachen Brise leicht zu führen und der Kapitän brachte sie dicht unter Land, bevor er unmittelbar außerhalb des Soges der Brandung beidrehte. Das Hikueru Atoll ragte kaum aus dem Wasser, ein Ring feinen Korallensandes, dreißig Meter breit, mit mehr als dreißig Kilometern Umfang, der zwischen einem und anderthalb Metern über der Hochwassermarke lag. Auf dem Grund der riesigen, glasklaren Lagune wimmelte es von Muscheln, und vom Deck des Schoners aus konnte man über den schmalen Ring des Atolls hinweg die Taucher bei der Arbeit sehen. Doch die Einfahrt der Lagune war zu eng, selbst für einen Handelsschoner. Bei günstigem Wind mochte ein Kutter durch den gewundenen und seichten Kanal schlüpfen, aber die Schoner hielten sich außerhalb und schickten ihre kleinen Boote hinein.

Die Aorai setzte geschickt ein Boot aus, und ein halbes Dutzend braunhäutiger, nur mit knallroten Lendentüchern bekleideter Seeleute sprang hinein. Sie ergriffen die Riemen, während auf dem Achterdeck am Steuerruder ein junger Mann in der weißen Tropenkleidung stand, die ihn als Europäer auswies. Aber das Erbe Polynesiens verriet sich im Goldton seiner hellen Haut und ließ goldene Lichter und Flecken im blauen Schimmer seiner Augen tanzen. Er war ein Raoul, Alexandre Raoul, der jüngste Sohn der reichen Marie Raoul, in deren Adern ein Viertel weißes Blut floss und die eine Flottille von einem halben Dutzend Handelsschoner ähnlich der Aorai besaß und befehligte. Durch einen Strudel unmittelbar vor der Einfahrt hindurch, dann hinein und über die kochenden Wasser zweier gegenläufiger Strömungen kämpfte sich das Boot voran bis in die spiegelglatte Ruhe der Lagune. Der junge Raoul sprang heraus auf den weißen Sand und schüttelte einem hochgewachsenen Eingeborenen die Hand. Der Mann hatte eine mächtige Brust und gewaltige Schultern, aber der Stumpf seines rechten Armes, aus dessen Fleisch der verwitterte Knochen mehrere Zentimeter weit herausragte, zeugte von der Begegnung mit einem Hai, die seinen Tagen als Taucher ein Ende gesetzt und ihn zu einem Speichellecker gemacht hatte, der um kleine Gefälligkeiten betteln musste.

"Hast du schon gehört, Alec?" waren seine ersten Worte. "Mapuhi hat eine Perle gefunden – und was für eine Perle! Eine, wie sie nie zuvor auf Hikueru gefischt worden ist, nicht einmal in den Paumotus, in der ganzen Welt nicht. Kauf sie ihm ab. Er hat sie noch. Und denk daran, dass ich dir zuerst davon erzählt habe. Er ist ein Narr und du wirst sie billig bekommen. Hast du ein bisschen Tabak übrig?"

Raoul ging über den Strand direkt zu einer Hütte unter einem Pandanusbaum. Er war der Frachtmeister seiner Mutter, und seine Aufgabe bestand darin, die gesamten Paumotus nach dem Reichtum an Kopra, Perlmutt und Perlen abzuklappern, den sie erzeugten.

Er war noch nicht lange Frachtmeister, dies war erst seine zweite Reise in dieser Funktion, und er litt insgeheim große Sorge wegen seiner mangelnden Erfahrung im Beurteilen von Perlen. Aber als Mapuhi diese Perle vor seinen Augen enthüllte, gelang es ihm, seine Verblüffung zu verbergen und einen gleichmütigen, geschäftsmäßigen Ausdruck beizubehalten.

Denn der Anblick der Perle hatte ihn wie ein Schlag getroffen. Sie war so groß wie ein Taubenei, makellos rund und von einem Weiß, das in opalisierenden Lichtern aller Farben zu schillern schien. Sie war lebendig. Nie zuvor hatte er etwas Vergleichbares gesehen. Als Mapuhi sie in seine Hand fallen ließ, war er überrascht von ihrem Gewicht. Das zeigte, dass es eine gute Perle war. Er sah sie sich durch ein Taschenvergrößerungsglas genauer an. Sie war ohne Makel oder Fehler. Ihre Reinheit schien geradezu aus seiner Hand in die Atmosphäre auszustrahlen. Im Schatten leuchtete sie von innen heraus, schimmernd wie ein sanfter Mond. Sie war von derart durchscheinendem Weiß, dass er sie fast nicht entdecken konnte, als er sie in ein Glas Wasser fallen ließ. An der Art, wie sie geschwind und gerade zu Boden sank, erkannte er, sie war von ausgezeichnetem Gewicht.

"Nun, was willst du dafür haben?" fragte er mit gut gespielter Nonchalance.

"Ich will –" begann Mapuhi und hinter ihm, sein eigenes dunkles Gesicht einrahmend, nickten die dunklen Gesichter zweier Frauen und eines Mädchens zustimmend zu seinen Wünschen. Ihre Köpfe waren vorgereckt, erfüllt von unterdrückter Ungeduld, ihre Augen glitzerten begehrlich.

"Ich will ein Haus," fuhr Mapuhi fort. "Es muss ein Dach aus verzinktem Eisenblech haben und eine achteckige Pendeluhr. Es muss zehn Meter lang sein und rundum eine Veranda haben. In der Mitte muss es einen großen Raum haben, mit einem runden Tisch im Zentrum und der achteckigen Pendeluhr an der Wand. Es muss vier Schlafzimmer haben, zwei zu jeder Seite des großen Raums, und in jedem Schlafzimmer müssen ein eisernes Bett, zwei Stühle und ein Waschtisch stehen. Hinter dem Haus muss eine Küche sein, eine gute Küche, mit Töpfen und Pfannen und einem Herd. Und du musst das Haus auf meiner Insel errichten, auf Fakarava."

"Ist das alles?" fragte Raoul ungläubig.

"Es muss auch eine Nähmaschine dabei sein," ergriff Tefara das Wort, Mapuhis Frau.

"Nicht zu vergessen die achteckige Pendeluhr," fügte Nauri, Mapuhis Mutter hinzu,

"Ja, das ist alles," sagte Mapuhi.

Der junge Raoul lachte. Er lachte lang und herzlich. Aber während er lachte wälzte er insgeheim im Geiste arithmetische Probleme. Er hatte in seinem Leben noch kein Haus errichtet und seine Vorstellungen vom Hausbau waren nebelhaft. Während er lachte, überschlug er die Kosten der Fahrt nach Tahiti zur Materialbeschaffung, die Kosten der Baustoffe, der Rückreise nach Fakarava, der Anlandung der Fracht und des Hausbaus selbst. Es kam auf viertausend französische Dollar, einschließlich eines Sicherheitsspielraums – viertausend französische Dollar waren das Äquivalent von zwanzigtausend Francs. Unmöglich. Wie sollte er den Wert einer solchen Perle bemessen? Zwanzigtausend Francs waren eine Menge Geld – zumal vom Geld seiner Mutter.

"Mapuhi," sagte er, "du bist ein großer Narr. Nenn einen Preis in Geld."

Aber Mapuhi schüttelte den Kopf und die drei Köpfe hinter ihm verneinten im Gleichklang.

"Ich will das Haus," sagte er. "Es muss zehn Meter lang sein und rundum eine Veranda –"

"Ja, ja," unterbrach ihn Raoul. "Ich weiß Bescheid über dein Haus, aber es geht nicht. Ich gebe dir eintausend Chile-Dollar."

Die vier Köpfe verneinten im Chor.

"Und einhundert Chile-Dollar in Waren."

"Ich will das Haus," begann Mapuhi.

"Was hast du von einem Haus?" wollte Raoul wissen. "Beim ersten Hurrikan wird es weggefegt. Das weißt du doch. Captain Raffy sagt, das es gerade jetzt sehr nach einem Hurrikan aussieht."

"Nicht auf Fakarava," sagte Mapuhi. "Dort liegt das Land viel höher. Auf dieser Insel hier schon. Jeder Hurrikan kann Hikueru hinwegfegen. Ich will das Haus auf Fakarava. Es muss zehn Meter lang sein und rundum eine Veranda –"

Und Raoul hörte sich abermals die Geschichte von dem Haus an. Mehrere Stunden verwandte er auf den Versuch, Mapuhi zu überreden, dass er sich die fixe Idee mit dem Haus aus dem Kopf schlug; aber Mapuhis Mutter und Frau, und auch Ngakura, Mapuhis Tochter, bestärkten ihn in seiner Entschlossenheit. Während er sich zum zwanzigsten Mal die detaillierte Beschreibung des gewünschten Hauses anhörte, sah Raoul durch die offene Tür, wie das zweite Boot seines Schoners auf den Strand lief. Die Seeleute blieben an den Riemen, was bedeutete, dass sie gleich wieder ablegen wollten. Der erste Maat der Aorai sprang an Land, wechselte ein paar Worte mit dem einarmigen Eingeborenen und eilte dann auf Raoul zu. Der Tag verdüsterte sich mit einem Mal, als eine Sturmwolke sich vor das Antlitz der Sonne schob. Über die Lagune hinweg konnte Raoul die unheilverkündende Linie der Windbö näher kommen sehen.

"Captain Raffy sagt, Sie sollen zusehen, dass Sie hier wegkommen," lautete die Begrüßung des Maats. "Wenn es hier Perlmutt gibt, müssen wir riskieren, es später abzuholen – meint er jedenfalls. Das Barometer ist auf Neunundzwanzig-Siebzig gefallen."

Die Windbö traf den Pandanusbaum über ihnen, fuhr durch die Palmen dahinter und schleuderte ein halbes Dutzend reifer Kokosnüsse mit dumpfen Schlägen zu Boden.

Dann näherte sich von weitem der Regen, kam mit dem Tosen eines Sturmwindes heran und peitschte das Wasser der Lagune in langen Gischtschwaden vor sich her. Das scharfe Prasseln der ersten Tropfen erklang in den Blättern, als Raoul auf die Füße sprang.

"Tausend Chile-Dollar, Mapuhi, bar auf die Hand," sagte er. "Und zweihundert Chile-Dollar in Waren."

"Ich will ein Haus," fing der andere an.

"Mapuhi!" gellte Raoul, um sich verständlich zu machen. "Du bist ein Narr!"

Er rannte aus dem Haus und kämpfte sich Seite an Seite mit dem Maat auf das Boot zu. Sie konnten es nicht sehen. Der tropische Regen umgab sie dicht wie eine Vorhang, so dass sie nur den Strand unter ihren Füßen erkennen konnten und die wütenden kleinen Wellen der Lagune, die nach dem Sand schnappten und kleine Stücke herausbissen. Dann tauchte ein Schemen aus dem sintflutartigen Guss auf. Es war Huru-Huru, der Mann mit dem einen Arm.

"Hast du die Perle bekommen?" brüllte er Raoul ins Ohr.

"Mapuhi ist ein Narr!" brüllte der zurück, und im nächsten Augenblick hatten sie sich in den herabstürzenden Fluten verloren.

Eine halbe Stunde später beobachtete Huru-Huru von der Seeseite des Atolls aus, wie die beiden Boote an Bord gehievt wurden und die Aorai den Bug aufs Meer hinaus drehte. Und in ihrer Nähe, auf den Schwingen der Sturmbö von der offenen See herangetragen, sah er einen anderen Schoner beidrehen und ein Boot zu Wasser bringen. Er kannte ihn. Es war die ORO-HENA, deren Besitzer Toriki hieß, der halbblütige Händler, der sein eigener Frachtmeister war und zweifellos bereits im Heck des Bootes stand. Huru-Huru lachte in sich hinein. Er wusste, dass Mapuhi Toriki noch etwas schuldete, für Handelsware, die der ihm letztes Jahr vorgestreckt hatte.

Die Sturmbö war vorübergezogen. Die heiße Sonne loderte herab und die Lagune lag wieder spiegelglatt. Aber die Luft war stickig wie Leim und ihr Gewicht schien auf den Lungen zu lasten und das Atmen schwierig zu machen.

"Hast du schon die Neuigkeiten gehört, Toriki?" fragte Huru-Huru. "Mapuhi hat eine Perle gefunden. Eine Perle, wie sie nie zuvor auf Hikueru gefischt worden ist, nicht einmal in den Paumotus, in der ganzen Welt nicht. Mapuhi ist ein Narr. Außerdem schuldet er dir Geld. Denk daran, dass ich dir zuerst davon erzählt habe. Hast du ein bisschen Tabak übrig?"

Und Toriki ging zu Mapuhis Grashütte. Er war ein herrischer Mann und obendrein ziemlich dumm. Er warf einen achtlosen Blick auf die wundervolle Perle – nur einen Augenblick lang; und achtlos ließ er sie in seine Tasche gleiten.

"Du hast Glück," sagte er. "Es ist eine hübsche Perle. Ich gebe dir Kredit dafür."

"Ich will ein Haus," begann Mapuhi konsterniert. "Es muss zehn Meter –"

"Zehn Meter, das kannst zu deiner Großmutter erzählen," gab der Händler zurück. "Du zahlst gefälligst deine Schulden, das ist es, was du willst. Du warst mir zwölfhundert Chile-Dollar schuldig. Also gut; du schuldest mir nichts mehr. Wir sind quitt. Außerdem gebe ich dir Kredit für zweihundert Chile-Dollar. Falls sich die Perle gut verkauft, wenn ich nach Tahiti komme, gebe ich dir noch einmal hundert Kredit – das sind dann dreihundert. Aber wohlge-

merkt, nur wenn sich die Perle gut verkauft. Vielleicht mache ich sogar Verlust
damit."

Mapuhi verschränkte bekümmert die Arme
und saß mit hängendem Kopf da. Man hatte ihn seiner Perle beraubt. Statt ein Haus
dafür zu bekommen, hatte er Schulden
bezahlt. Nichts war ihm geblieben für seine
Perle.

"Du bist ein Narr," sagte Tefara.

"Du bist ein Narr," sagte Nauri, seine Mutter. "Warum hast du die Perle aus der
Hand gegeben?"

"Was hätte ich denn tun sollen?" protestierte Mapuhi. "Ich schuldete ihm Geld. Er
wusste, dass ich die Perle habe. Ihr habt
selbst gehört, wie er mich bat, sie ihm zu
zeigen. Ich hatte ihm nichts erzählt. Er
wusste es. Jemand anders hat es ihm gesagt. Und ich schuldete ihm das Geld."

"Mapuhi ist ein Narr," äffte Ngakura nach.

Sie war zwölf Jahre alt und verstand es
nicht besser. Mapuhi verschaffte seinen
Gefühlen Luft, indem er ihr kräftig eins
aufs Ohr gab, so dass sie zurücktaumelte;
Tefara und Nauri brachen in Tränen aus
und machten ihm weiter Vorhaltungen,
wie Frauen eben so sind.

Vom Strand aus beobachtete Huru-Huru, wie ein dritter Schoner, den er kannte, außerhalb der Einfahrt beidrehte und ein Boot aussetzte. Es war die Hira, ein treffender Name, denn sie gehörte Levy, dem deutschen Juden, größter aller Perlenaufkäufer. Und wie jeder wusste, war Hira der tahitische Gott der Fischer und Diebe.

"Hast du schon die Neuigkeiten gehört?" fragte Huru-Huru, als Levy, ein fetter Mann mit wuchtigen, asymmetrischen Gesichtszügen auf den Strand trat. "Mapuhi hat eine Perle gefunden. Eine Perle, wie sie nie zuvor auf Hikueru gefischt worden ist, nicht einmal in den Paumotus, in der ganzen Welt nicht. Mapuhi ist ein Narr. Er hat sie Toriki für vierzehnhundert Chile-Dollar verkauft – ich habe draußen gelauscht. Toriki ist auch ein Narr. Du kannst sie ihm billig abkaufen. Denk daran, dass ich dir zuerst davon erzählt habe. Hast du ein bisschen Tabak übrig?"

"Wo ist Toriki?"

"Im Haus von Captain Lynch, sie trinken Absinth. Er ist schon eine Stunde drin."

Und während Levy und Toriki Absinth tranken und um die Perle feilschten, lauschte Huru-Huru und vernahm, wie sie sich auf den horrenden Preis von fünfundzwanzigtausend Franc einigten.

Zu diesem Zeitpunkt liefen sowohl die OROHENA als auch die Hira nahe ans Ufer auf und begannen, Schüsse abzufeuern und wild zu signalisieren. Die drei Männer traten gerade rechtzeitig nach draußen, um zu sehen, wie die beiden Schoner hastig wendeten und Kurs auf die offene See nahmen. Auf der Flucht vor der Sturmbö, die ihre Klauen in sie schlug und die Masten tief auf das schäumende Wasser herunterdrückte ließen sie Hauptsegel und Klüver fallen. Dann waren sie hinter einem Regenvorhang verschwunden.

"Sie kommen zurück, wenn es vorüber ist," sagte Toriki. "Wir sollten zusehen, dass wir hier wegkommen."

"Vermute, das Glas ist noch weiter gefallen," sagte Captain Lynch.

Er war ein weißbärtiger Seemann, zu alt, um noch auf der Brücke zu stehen, und er hatte die Erfahrung gemacht, dass er nur auf Hikueru einigermaßen angenehm mit seinem Asthma leben konnte. Er ging hinein, um nach dem Barometer zu sehen.

"Großer Gott!" hörten sie ihn ausrufen und eilten ihm nach, um ebenfalls die Skala anzustarren, die auf Neunundzwanzig-Zwanzig stand.

Wieder gingen sie hinaus, diesmal um Meer und Himmel mit besorgten Blicken zu mustern. Die Sturmbö war vorübergezogen, aber der Himmel blieb bedeckt. Sie konnten die beiden Schoner sehen, zu denen sich ein dritter gesellt hatte, wie sie sich unter vollen Segeln zurückkämpften. Ein Umschlagen des Windes zwang sie, die Segel aufzufieren, und als er fünf Minuten später plötzlich erneut umsprang, erwischte er alle drei Schoner von achtern und die am Strand Zurückgebliebenen sahen, wie sie die Großschoten schleunigst nachließen oder loswarfen. Das Donnern der Brandung klang hohl und bedrohlich und eine schwere Dünung setzte ein. Ein furchterregendes Wetterleuchten brach vor ihren Augen los und erhellte den düsteren Tag, während wildes Donnergrollen aus allen Richtungen heranrollte.

Toriki und Levy machten sich im Laufschritt auf den Weg zu ihren Booten, wobei letzterer schaukelte und stampfte wie ein in Panik geratenes Nilpferd. Als ihre beiden Boote zur Durchfahrt hinausgespült wurden, begegnete ihnen das Boot der Aorai, das gerade hereinkam. Auf dem Achterdeck stand Raoul und feuerte die Ruderer an. Er konnte das Bild der Perle nicht aus seinem Kopf kriegen, deshalb kam er zurück, um Mapuhis Preis eines Hauses zu akzeptieren.

Er landete am Strand inmitten eines peitschenden Gewitterschauers, der so dicht war, dass er mit Huru-Huru zusammenstieß, bevor er ihn sehen konnte.

"Zu spät," brüllte Huru-Huru. "Mapuhi hat sie für vierzehnhundert Chile-Dollar an Toriki verkauft, und Toriki hat sie Levy für fünfundzwanzigtausend Francs verkauft. Und Levy wird sie in Frankreich für hunderttausend Francs verkaufen. Hast du ein bisschen Tabak übrig?"

Raoul fühlte sich erleichtert. Seine Sorgen wegen der Perle waren vorüber. Er musste sich keine Gedanken mehr machen, selbst wenn er die Perle nicht hatte. Aber er glaubte Huru-Huru nicht. Mapuhi mochte sie wohl für vierzehnhundert Chile-Dollar verkauft haben, doch dass Levy, der etwas von Perlen verstand, fünfundzwanzigtausend bezahlt haben sollte, schien eine zu große Spanne. Raoul beschloss, Captain Lynch zu dem Thema zu befragen, aber als er beim Haus des alten Seebären anlangte, fand er ihn vor, wie er mit weit aufgerissenen Augen das Barometer anstarrte.

"Was sehen Sie da?" fragte Captain Lynch besorgt, putzte seine Brille und starrte wieder das Instrument an.

"Neunundzwanzig-Zehn," sagte Raoul. "Ich habe es noch nie so niedrig erlebt."

"Das glaube ich gerne!" schnaubte der Kapitän. "Fünfzig Jahre auf allen sieben Meeren, von Kindesbeinen an, und so tief habe ich es noch nie fallen sehen. Hören Sie!"

Sie lauschten eine Weile, während die Brandung donnerte und das Haus erzittern ließ. Dann gingen sie nach draußen. Der Schauer war vorübergezogen. Sie konnten die Aorai eine Meile entfernt in einer Flaute liegen und wie ein Korken in den gewaltigen Wellenzügen stampfen und schlingern sehen, die in majestätischer Prozession von Nordosten heranrollten und sich wütend gegen den Korallenstrand warfen. Einer der Seeleute aus dem Boot deutete auf die Mündung der Durchfahrt und schüttelte den Kopf. Raouls folgte mit dem Blick seiner Geste und sah ein weißes Chaos aus Schaum und Sturzseen.

"Ich glaube, ich muss heute Nacht bei Ihnen bleiben, Captain," sagte er. Dann wies er den Seemann an, das Boot an Land zu ziehen und für sich und seine Kameraden Schutz zu suchen.

"Glatte Neunundzwanzig," berichtete Captain Lynch, als er von einem weiteren Blick aufs Barometer herauskam, einen Stuhl in der Hand.

Er setzte sich und betrachtete unverwandt das Schauspiel, das die See ihnen bot. Die Sonne kam heraus und verstärkte die Schwüle noch, während die plötzliche, absolute Windstille andauerte. Die Wogen schienen immer höher anzuschwellen.

"Ich begreife nicht, was diesen Seegang verursacht," murmelte Raoul gereizt. "Es ist völlig windstill, aber sehen Sie nur, schauen Sie sich den Burschen da an!"

Meilenlang, zehntausende von Tonnen Gewicht mit sich führend, erschütterte der Aufprall des Brechers das filigrane Atoll wie ein Erdbeben. Captain Lynch war bestürzt.

"Meine Güte!" schrie er, halb aus seinem Stuhl hochfahrend, bevor er sich wieder zurücksinken ließ.

"Aber es gibt keinen Wind." Raoul war hartnäckig. "Ich könnte es verstehen, wenn gleichzeitig ein Wind blasen würde."

"Keine Sorge, Ihren Wind bekommen Sie noch früh genug," lautete die grimmige Antwort.

Die beiden Männer saßen schweigend da. Der Schweiß trat ihnen in Myriaden winziger Tröpfchen auf die Haut und lief zu feuchten Flecken zusammen, welche ihrerseits zu Rinnsalen anwuchsen und auf den

Boden tropften. Sie rangen nach Luft, und vor allem der alte Mann keuchte unter der Anstrengung. Eine See ergoss sich über den Strand, beleckte die Stämme der Kokospalmen und verlief sich erst dicht vor ihren Füßen.

"Weit über der Hochwasserlinie," bemerkte Captain Lynch. "Dabei lebe ich jetzt schon elf Jahre hier." Er sah auf die Uhr. "Es ist Drei."

Ein Mann und eine Frau mit einem bunten Gefolge von Bälgern und Kötern zogen mit besorgten Mienen vorbei. Sie hielten jenseits des Hauses an, und nach langer Unschlüssigkeit setzten sie sich in den Sand. Ein paar Minuten später tauchte eine weitere Familie aus der entgegengesetzten Richtung auf. Die Männer und Frauen schleppten die verschiedenartigsten Besitztümer mit sich. Und bald hatten sich mehrere hundert Personen jeden Alters und Geschlechts um die Behausung des Kapitäns versammelt. Er sprach eine der Neuankömmlinge an, eine Frau mit einem Baby auf dem Arm, und erhielt die Auskunft, dass ihr Haus soeben in die Lagune gespült worden sei.

Dieses war meilenweit der höchstgelegene Flecken Erde, und beiderseits hatten die großen Wogen an vielen Stellen schon deutliche Breschen in den schmalen Ring des Atolls geschlagen und ergossen sich in die Lagune. Über dreißig Kilometer maß der Umfang des Atolls, aber an keiner Stelle war es mehr als neunzig Meter breit. Es war der Höhepunkt der Tauchsaison und von allen umliegenden Inseln, sogar vom weit entfernten Tahiti, hatten sich die Eingeborenen versammelt.

"Hier leben zwölfhundert Männer, Frauen und Kinder," sagte Captain Lynch. "Ich frage mich, wie viele es morgen früh noch sein werden."

"Aber warum geht kein Wind? Das ist es, was ich wissen möchte." Raoul ließ sich nicht abbringen.

"Keine Sorge, junger Mann, das Verhängnis kommt noch früh genug."

Captain Lynch hatte noch nicht ausgesprochen, als eine gewaltige Wassermasse das Atoll erzittern ließ.

Das Meerwasser schäumte acht Zentimeter hoch unter ihren Stühlen. Ein dumpfes Angstgeheul stieg von den vielen Frauen auf. Die Kinder starrten mit ineinander gekrampften Händen in die gewaltigen Brecher und weinten mitleiderregend. Hühner und Katzen wateten verstört durchs Wasser und dann, als hätten sie sich abgesprochen, flüchteten sie in wilder Jagd zum Haus des Kapitäns und suchten Zuflucht auf dem Dach. Ein Mann aus Paumotu kletterte mit einem Wurf neugeborener Welpen in einem Korb auf eine Kokospalme und befestigte den Korb gut sechs Meter über dem Boden. Die Hündin tobte jaulend und bellend im Wasser darunter.

Und immer noch herrschte strahlender Sonnenschein und die vollkommene Windstille dauerte an. Sie saßen da und beobachteten die Wellen und das irrwitzige Schlingern der Aorai. Captain Lynch starrte in die heranrollenden Wasserberge, bis er es nicht länger ertragen konnte. Er barg das Gesicht in den Händen, um den Anblick auszusperren; dann ging er ins Haus.

"Achtundzwanzig-Sechzig," sagte er ruhig, als er zurückkehrte.

Im Arm hielt er eine Rolle dünnen Seils. Er schnitt es in vier Meter lange Stücke, gab eines Raoul, behielt eines für sich und verteilte den Rest unter den Frauen mit dem Ratschlag, sich einen Baum auszusuchen und hinauf zu klettern.

Eine leichte Brise begann von Nordwesten zu wehen und ihre Kühle auf seiner Wange schien Raoul aufzumuntern. Er konnte sehen wie die Aorai die Segel trimmte und in See stach, und er bedauerte, dass er nicht an Bord war. Sie würde auf jeden Fall davonkommen, aber was das Atoll betraf ... Eine Woge brach sich Bahn, riss ihn beinahe von den Füßen und er suchte sich einen Baum aus. Dann fiel ihm wieder das Barometer ein und er rannte zum Haus zurück. Er stieß auf Captain Lynch, der dasselbe Ziel hatte, und sie gingen zusammen hinein.

"Achtundzwanzig-Zwanzig," sagte der alte Seebär. "Das wird die reinste Hölle, wenn – was ist das?"

Die Luft schien sich plötzlich mit einer Art Brausen zu erfüllen. Das Haus erbebte und rüttelte und sie hörten einen Ton wie von einer gewaltigen vibrierenden Saite. Die Fenster klapperten. Zwei Scheiben zersplitterten, und ein Windstoß fuhr herein, der sie ins Taumeln brachte. Die Tür gegenüber knallte zu und zerschmetterte den Riegel. Der weiße Türknauf bröckelte in kleinen Stücken zu Boden. Die Wände des Raums beulten sich wie die Hülle eines Gasballons, der plötzlich aufgeblasen wird. Dann ertönte ein neuer Laut wie das Knattern von Musketenschüssen, als die Gischt einer Welle gegen die Hauswände prasselte. Captain Lynch sah auf die Uhr. Es war Vier. Er zog sich einen Lotsenmantel über, hängte das Barometer ab und verstaute es in einer geräumigen Tasche. Wieder traf eine See mit dumpfem Schlag das Haus und das leichte Gebäude neigte sich, drehte sich um neunzig Grad auf seinem Fundament und kam mit dem Boden in einer Schräglage von zehn Grad zur Ruhe.

Raoul ging als erster hinaus. Der Wind packte ihn und wirbelte ihn herum. Er stellte fest, dass er nach Osten gedreht hatte. Mit großer Anstrengung warf er sich in den Sand, machte sich klein und klammerte sich fest. Captain Lynch wurde wie ein Strohhalm dahingetrieben, stolperte über ihn und streckte alle Viere von sich. Zwei Seeleute von der Aorai verließen die Kokospalme, an der sie sich festgeklammert hatten, um ihnen zu Hilfe zu eilen. Sie mussten sich in unmöglichem Winkel gegen den Wind lehnen und sich, die Zehen in den Sand gekrallt, Zentimeter für Zentimeter vorwärts kämpfen.

Die Gelenke des alten Mannes waren zu steif zum Klettern, deshalb hievten ihn die Seeleute mittels kurzer, zusammengeknoteter Seilstücke den Stamm hinauf, bis sie ihn im Wipfel des Baumes festbinden konnten, fünfzehn Meter über der Erde. Raoul schlang sein Seilende um den Fuß eines benachbarten Baumes und sah sich um. Der Wind war furchteinflößend. Er hätte sich nie träumen lassen, dass es so stark wehen konnte. Eine See schlug über dem

Atoll zusammen und durchnässte ihn bis zu den Knien, bevor sie in die Lagune abfloss. Die Sonne war verschwunden und ein bleiernes Zwielicht hatte eingesetzt. Ein paar waagrecht heranjagende Regentropfen trafen ihn. Sie prallten auf wie Bleikugeln. Ein Spritzer Salzwasser traf sein Gesicht. Es war wie die Ohrfeige eines Mannes. Seine Wangen taten weh und unwillkürlich traten ihm Tränen des Schmerzes in die brennenden Augen. Mehrere hundert Eingeborene hatten sich in die Bäume geflüchtet und er hätte lachen mögen über die Trauben menschlicher Früchte, die in den Wipfeln hingen. Dann, ganz der gebürtige Tahitianer, knickte er in der Hüfte ab, klammerte die Hände hinter dem Stamm des Baumes zusammen, stemmte die Fußsohlen gegen die Rinde und begann, so den Baum hinaufzulaufen. In der Krone fand er zwei Frauen, zwei Kinder und einen Mann vor. Ein kleines Mädchen hielt eine Hauskatze fest in den Armen.

Aus einem Adlerhorst winkte er Captain Lynch zu und der tapfere Patriarch winkte zurück. Raoul erschrak über den Anblick des Himmels. Er war viel näher gerückt – tatsächlich meinte er ihn berühren zu können, wenn er die Hand ausstreckte; und er hatte sich von bleigrau zu schwarz verfärbt. Viele Menschen waren noch auf dem Boden, in Gruppen am Fuß der Bäume, an denen sie sich festhielten. Mehrere dieser Gruppen beteten, und in einer davon predigte der mormonische Missionar. Ein seltsamer Ton drang an sein Ohr, rhythmisch, so leise wie das kaum hörbare Zirpen einer fernen Grille. Nach einem Augenblick war er wieder verstummt, aber während er andauerte hatte Raoul unbestimmt an himmlische Sphärenklänge denken müssen. Er blickte um sich und sah am Fuße eines weiteren Baums eine große Gruppe von Menschen, die sich an Seilen und aneinander festklammerten. Er konnte erkennen, dass es in ihren Gesichtern arbeitete und ihre Lippen sich im Gleichklang bewegten. Obwohl ihn kein Ton mehr erreichte, wusste er, dass sie Choräle sangen.

Und immer noch wurde der Wind stärker. Er hatte kein Maß mehr dafür, denn dieser Wind übertraf alles, was er bisher erlebt hatte; aber trotzdem wusste er, irgendwie, dass es noch stärker brauste. Nicht weit entfernt wurde ein Baum entwurzelt und schleuderte seine menschliche Last zu Boden. Eine See flutete über den Sandstreifen, und dann waren sie verschwunden. Alles geschah sehr schnell. Er sah eine braune Schulter und einen schwarzen Schädel sich gegen die weißschäumende Lagune abzeichnen. Im nächsten Augenblick waren auch die verschluckt. Weitere Bäume knickten ab und fielen kreuz und quer wie Streichhölzer. Die Gewalt des Sturmes bestürzte ihn. Sein eigener Baum schwankte bedenklich. Die eine Frau schrie klagend auf und umklammerte das kleine Mädchen, das seinerseits die Katze festhielt. Der Mann, der das andere Kind hielt, berührte Raoul am Arm und deutete. Er folgte seinem Blick und sah, wie die mormonische Kirche sich dreißig Meter weiter wie betrunken zur Seite neigte. Sie war aus ihrem Fundament gerissen worden und Wind und Meer hoben und schoben sie auf die Lagune zu. Eine furchterregende Welle packte sie, kippte sie um und warf sie gegen ein halbes Dutzend Kokospalmen. Die Trauben menschlicher Früchte fielen wie reife Kokosnüsse. Als die Welle sich wieder zurückzog, legte sie sie wie Treibgut auf dem Sand ab, einige reglos, andere sich windend und zappelnd. Auf seltsame Weise erinnerten sie ihn an Ameisen. Er war jenseits des Entsetzens angelangt. Mit ziemlicher Selbstverständlichkeit nahm er zur Kenntnis, wie die folgende Welle den Sand vom menschlichen Strandgut frei schwemmte. Eine dritte Welle, noch ungeheurer als alle, die er zuvor gesehen hatte, riss die Kirche in die Lagune, wo sie halb untergetaucht mit dem Wind ins Nichts davon trieb wie eine Arche Noah.

Er sah nach Captain Lynchs Haus und stellte überrascht fest, dass es verschwunden war. Die Ereignisse überschlugen sich. Er bemerkte, dass viele Leute aus den Bäumen, die noch standen, hinuntergeklettert waren. Der Sturm hatte noch weiter zugenommen. Er fühlte es an dem Baum, auf dem er saß. Er schwankte nicht mehr oder neigte sich von einer Seite zur anderen. Stattdessen blieb er praktisch unbeweglich in einem festen Winkel vom Wind weggeneigt und vibrierte lediglich. Aber diese Vibrationen waren übelkeitserregend. Sie fühlten sich an wie von einer gewaltigen Stimmgabel oder der Zunge einer Maultrommel. Das Schlimmste daran war die Schnelligkeit der Vibrationen. Selbst wenn die Wurzeln hielten, konnte der Baum der Belastung nicht mehr lange standhalten. Irgendetwas musste brechen.

Ah, da hatte einer nachgegeben. Er hatte ihn nicht abbrechen sehen, aber da stand er, nur noch ein Strunk, auf halber Höhe des Stammes abgetrennt. Man bekam nicht mit, was geschah, außer man sah gerade zufällig hin. Das Umstürzen der Bäume und die jammervollen Schreie der Verzweiflung gingen völlig unter in der ungeheuren Lautstärke des Sturms. Er blickte zufällig in Captain Lynchs Richtung, als es passierte. Er sah den Stamm des Baums auf halber Höhe lautlos splittern und abbrechen. Der Wipfel der Palme mit drei Seeleuten von der Aorai und dem alten Kapitän segelte über die Lagune davon. Er fiel nicht herunter, sondern trieb durch die Luft wie eine Handvoll Spreu. Dreißig Meter weit folgte er seinem Flug mit den Augen, bis er ins Wasser stürzte. Er kniff die Augen zusammen und war sicher, dass er Captain Lynch Lebewohl winken sah.

Raoul wartete nicht länger. Er stieß den Eingeborenen an und bedeutete ihm, hinunterzuklettern. Der Mann schien willens dazu, aber seine Frauen waren vor Entsetzen wie gelähmt und er entschloss sich, bei ihnen zu bleiben. Raoul zog sein Seil hinter dem Stamm hindurch und ließ sich zu Boden rutschen. Ein Schwall von Meerwasser ergoss über ihn und tauchte ihn vollständig unter. Er hielt die Luft an und klammerte sich verzweifelt an das Seil. Das Wasser verlief sich und im Schutz des Stammes konnte er wieder atmen. Er knotete das Seil fester und schon begrub ihn eine weitere See unter sich. Eine der Frauen glitt herunter und gesellte sich zu ihm, während der Eingeborene bei der anderen Frau, den beiden Kindern und der Katze blieb.

Der Frachtmeister hatte bemerkt, wie die Gruppen, die sich am Fuß der Bäume festhielten, sich mehr und mehr lichteten. Jetzt konnte er aus erster Hand beurteilen, warum das geschah. Es erforderte all seine Kraft, sich festzuhalten. Die Frau, die zu ihm gekommen war, wurde schwächer. Immer, wenn er wieder aus einer See auftauchte, war er überrascht, dass er noch da war, und noch überraschter, dass die Frau noch da war. Als er wieder einmal hochkam, merkte er, dass er allein war. Er sah nach oben. Die Krone der Palme war ebenfalls verschwunden. In der Hälfte der ursprünglichen Höhe vibrierte ihr zersplittertes Ende. Er war in Sicherheit. Die Wurzeln hielten noch, und der Teil des Baumes, der dem Wind eine Angriffsfläche bot, war abgeschert. Er begann hinaufzuklettern. Er war so schwach, dass er nur langsam vorankam, und Woge über Woge ging über ihn hinweg, bevor er endlich hoch genug oben war. Dann band er sich am Stamm fest und wappnete sich für die Nacht und was ihm sonst noch bevorstehen mochte.

Er fühlte sich sehr einsam in der Dunkelheit. Zeitweise kam es ihm so vor, als wäre das Ende der Welt gekommen und er der letzte Überlebende. Immer noch nahm der Wind zu. Stunde für Stunde nahm er zu. Als es seiner Schätzung nach elf Uhr war, hatte der Sturm unglaubliche Stärke angenommen. Er war ein schreckliches, monströses Etwas, ein kreischender Wahnsinn, eine massive Wand, die immer und immer wieder auf ihn einstürzte, um dann in der Dunkelheit zu verschwinden – eine Wand ohne Ende. Es kam ihm vor, als wäre er leicht und ätherisch geworden. Als wäre er es, der in Bewegung war. Dass er mit unfasslicher Geschwindigkeit durch eine massive Endlosigkeit getrieben wurde. Der Wind war nicht mehr einfach bewegte Luft. Er war so stofflich geworden wie Wasser oder Quecksilber. Er hatte das Gefühl, hineingreifen und Stücke davon herausreißen zu können wie Fleisch aus dem Kadaver eines Ochsen. Dass er den Wind packen und sich daran festhalten konnte wie ein Mann, der sich an die Kante einer Klippe klammert.

Der Wind schnitt ihm die Luft ab. Er konnte ihm nicht die Stirn bieten und gleichzeitig atmen, denn er brauste ihm durch Mund und Nase und blähte seine Lunge auf wie einen Ballon. In solchen Momenten fühlte er sich, als wäre sein Körper angeschwollen und vollgestopft mit fester Erde. Nur wenn er seine Lippen gegen den Stamm des Baumes presste, konnte er atmen. Und der unaufhörliche Ansturm des Windes erschöpfte ihn. Körper und Geist wurden müde. Er beobachtete nicht länger, dachte nicht länger und war nur mehr halb bei Bewusstsein. Sein Bewusstsein bestand aus einem einzigen Gedanken: DAS ALSO IST EIN HURRIKAN. Dieser eine Gedanke kam und ging in unregelmäßigen Abständen. Er war wie eine schwache Flamme, die von Zeit zu Zeit aufflackerte. Aus dem Zustand der Betäubung kehrte er zu ihm zurück – DAS ALSO IST EIN HURRIKAN. Dann verfiel er wieder in den Dämmerszustand.

Der Höhepunkt des Hurrikans dauerte von elf Uhr nachts bis drei Uhr morgens, und es war gerade Elf, als der Baum, in dem sich Mapuhi und seine Frauen festklammerten abbrach. Als Mapuhi an der Oberfläche der Lagune auftauchte, hielt er immer noch seine Tochter Ngakura umklammert. Nur ein Südseeinsulaner konnte in einer derartigen peitschenden Gischt überleben. Der Pandanusbaum, an dem er sich festhielt, drehte sich ständig in der schäumenden See um die eigene Achse; nur, indem er sich manchmal festhielt und abwartete, und ein anderes Mal sich hastig herumhangelte schaffte er es, seinen und Ngakuras Kopf in genügend kurzen Abständen über die Oberfläche zu bringen, so dass sie nicht ertranken. Aber die Luft bestand hauptsächlich aus Wasser, aus fliegender Gischt und undurchdringlichem Regen, der parallel zur Oberfläche der Lagune heranschoss.

Es waren zehn Meilen über die Lagune bis zur anderen Seite des Rings aus Sand. Hier töteten die zum Spielball der Wellen gewordene Baumstämme, Balken, Wracks von Kuttern und Trümmer von Häusern neun von zehn der jämmerlichen Gestalten, die die Durchquerung der Lagune überlebt hatten. Halb ertrunken und erschöpft wurden sie in diesen wahnwitzigen Mörser der Elemente geschleudert und zu formlosen Fleischklumpen zermalmt. Aber Mapuhi hatte Glück. Seine Chancen standen Eins zu Zehn; durch eine Laune des Schicksals war ihm das Glückslos zugefallen. Aus einer Reihe von Wunden blutende schleppte er sich ans Ufer.

Ngakuras linker Arm war gebrochen. Die Finger ihrer rechten Hand waren zerschmettert und Wange und Stirn klafften auf bis zum Knochen. Mapuhi umklammerte einen Baum, der noch stand, hielt das Mädchen fest und rang schluchzend nach Luft, während die Wasser der Lagune knietief, manchmal sogar hüfttief vorbeirauschten.

Um drei Uhr morgens war die Hauptgewalt des Hurrikans gebrochen. Um fünf

Uhr blies nur noch eine steife Brise. Und um Sechs war es totenstill und die Sonne schien. Der Seegang hatte nachgelassen. Am immer noch unruhigen Rand der Lagune sah Mapuhi die zerschmetterten Körper derer, denen die Landung missglückt war. Zweifellos waren Tefara und Nauri unter ihnen. Er ging den Strand entlang und untersuchte die Körper, bis er seine Frau entdeckte, die halb im, halb aus dem Wasser lag. Er setzte sich hin und weinte mit rauen Tierlauten, wie es die Art der urtümlichen Trauer ist. Dann regte sie sich benommen und stöhnte. Er sah genauer hin. Sie war nicht nur am Leben, sie war unverletzt. Sie schlief lediglich. Sie hatte auch das Glück des einen unter Zehn gehabt.

Von den Zwölfhundert, die in der Nacht zuvor noch gelebt hatten, blieben nur Dreihundert übrig. Der mormonische Missionar und ein Gendarm führten eine Zählung durch. Die Lagune war mit Leichen übersät. Kein Haus und keine Hütte stand mehr. Auf dem ganzen Atoll waren keine zwei Steine aufeinander geblieben. Jede fünfzigste Kokospalmen stand noch, und auch diese waren Wracks, an denen keine einzige Nuss mehr hing.

Es gab kein frisches Wasser. Die flachen Quellen, in denen sich das durch die Oberfläche sickernde Regenwasser sammelte, waren voller Salz. Aus der Lagune wurden ein paar wenige durchweichte Säcke Mehl geborgen. Die Überlebenden schnitten die Herzen aus den umgestürzten Kokospalmen und aßen sie. Hier und da verkrochen sie sich in winzigen Unterschlupfen, die sie in den Sand gruben und mit Resten von Blechdächern abdeckten. Der Missionar fertigte eine primitive Destille an, aber er konnte nicht genug Wasser für dreihundert Menschen destillieren. Am Ende des zweiten Tages entdeckte Raoul bei einem Bad in der Lagune, dass das seinen Durst ein wenig stillte. Er schrie die Neuigkeit hinaus und bald danach konnte man dreihundert Männer, Frauen und Kinder bis zum Hals in der Lagune stehend bei dem Versuch sehen, Wasser durch ihre Haut zu trinken. Ihre Toten trieben um sie herum und sie traten auf die, die immer noch auf dem Grund lagen. Am dritten Tag begruben die Leute ihre Toten und ließen sich nieder, um auf die Rettungsdampfer zu warten.

In der Zwischenzeit war Nauri, ihrer Familie durch den Hurrikan entrissen, in ihr eigenes Abenteuer davon gespült worden. Sie klammerte sich an eine raue Planke, die sie verletzte und aufschürfte und ihren Körper mit Splittern durchbohrte, und mitsamt dieser Planke wurde sie glatt über das

Atoll hinaus auf die offene See getragen. Hier, unter dem unvorstellbaren Ansturm von Bergen von Wasser, verlor sie ihre Planke. Sie war eine alte Frau und ging an die Sechzig; aber sie stammte von den Paumotus und hatte ihr ganzes Leben in Sichtweite des Ozeans verbracht. Während sie durch die Dunkelheit schwamm, würgend, halb erstickt und nach Luft ringend, prallte eine Kokosnuss mit heftigem Schlag gegen ihre Schulter. In diesem Augenblick fasste sie ihren Plan und griff nach der Nuss. Innerhalb der nächsten Stunde fing sie noch sieben weitere ein. Zusammengebunden bildeten sie einen Rettungsring, der sie am Leben erhielt, während er sie gleichzeitig zu Klump zu schlagen drohte. Sie war eine fettleibige Frau und zog sich leicht Verletzungen zu; aber sie hatte Erfahrung mit Hurrikans und während sie zu ihrem Haigott betete, sie vor Haien zu beschützen, wartete sie darauf, dass der Wind endlich nachließ. Aber um drei Uhr war sie in einen derartigen Dämmerzustand verfallen, dass sie nichts davon merkte. Und auch als um sechs Uhr Totenstille eintrat, merkte sie nichts. Sie wurde unsanft in die Gegenwart zurück gerissen, als eine Welle sie auf den Strand warf. Sie krallte sich mit wunden, blutenden Händen und Füßen fest und stemmte sich gegen den Rücksog, bis sie aus der Reichweite der Brandung heraus war.

Sie wusste, wo sie war. Dieses Stück Land konnte nur die winzige Insel Takokota sein. Sie besaß keine Lagune. Niemand lebte dort.

Hikueru war fünfzehn Meilen entfernt. Sie konnte Hikueru nicht sehen, aber sie wusste, dass es im Süden lag. Die Tage verstrichen und sie lebte von den Kokosnüssen, die sie über Wasser gehalten hatten. Sie versorgten sie mit Trinkwasser und Nahrung. Aber sie trank weder soviel, wie sie wollte, noch aß sie soviel. Rettung war fraglich. Sie sah die Rauchfahnen der Hilfsdampfer am Horizont, aber welcher Dampfer würde schon zu dem einsamen, unbewohnten Takokota kommen?

Vom ersten Augenblick an wurde sie von den Leichen verfolgt. Das Meer versuchte hartnäckig immer wieder, sie auf ihr Stückchen Sand zu werfen, und sie blieb, bis ihr die Kräfte schwanden, hartnäckig dabei, sie wieder ins Meer zurück zu werfen, wo die Haie sie zerrissen und verschlangen. Als sie nicht mehr konnte, begannen die Leichen ihren Strand mit ihrem grausigem Schrecken zu überziehen und sie zog sich so weit wie möglich von ihnen zurück, was nicht weit war.

Am zehnten Tag war ihre letzte Kokosnuss aufgebraucht und sie vertrocknete vor Durst. Sie schleppte sich auf der Suche nach Kokosnüssen den Strand entlang. Es war seltsam, dass so viele Leichen antrieben und keine einzige Nuss. Es mussten doch mehr Kokosnüsse herumschwimmen als tote Menschen! Schließlich gab sie auf und blieb erschöpft liegen. Das Ende war da. Es blieb ihr nichts mehr, als auf den Tod zu warten.

Als sie aus ihrem Dämmerzustand wieder auftauchte, wurde sie sich nach und nach bewusst, dass sie ein Büschel rotblonden Haares auf dem Kopf einer Leiche anstarrte. Das Meer warf den Körper auf sie zu, zog ihn wieder zurück. Er rollte herum und sie sah, dass er kein Gesicht mehr hatte. Und dennoch kam ihr an diesem Büschel rotblonden Haares etwas bekannt vor. Eine Stunde verging. Sie strengte sich nicht besonders an, die Leiche zu identifizieren. Sie wartete auf den Tod, und es war ihr ziemlich gleichgültig, welcher Mann dieses entsetzliche Ding einmal gewesen war. Aber nach Ablauf einer Stunde setzte sie sich langsam auf und starrte den Leichnam an. Eine ungewöhnlich hohe Welle hatte ihn soweit an Land geworfen, dass die kleineren ihn nicht mehr erreichen konnten. Ja, sie hatte recht; dieses Büschel rotblonden

Haares konnte nur einem Menschen in den Paumotus gehören. Es war Levy, der deutsche Jude, der Mann, der die Perle gekauft und auf der Hira mit sich fortgenommen hatte. Nun, eines war offensichtlich: Die Hira war gesunken. Der Gott der Fischer und Diebe des Perlenaufkäufers hatte ihn im Stich gelassen.

Sie kroch hinab zu dem toten Mann. Sein Hemd war fortgerissen worden und sie konnte den ledernen Geldgürtel um seine Taille sehen. Sie hielt den Atem an und zerrte an den Schnallen. Sie gaben leichter nach, als sie erwartet hatte und sie kroch hastig über den Sand fort, den Gürtel hinter sich her schleifend. Tasche nach Tasche öffnete sie die Verschlüsse des Gürtels und fand sie leer. Wo konnte er sie hingetan haben? In der allerletzten Tasche entdeckte sie sie, die erste und einzige Perle, die er auf dieser Reise gekauft hatte. Sie kroch noch ein paar Meter weiter weg, um dem Pestgestank des Gürtels zu entkommen und untersuchte die Perle. Es war die, die Mapuhi gefunden und die ihn Toriki geraubt hatte. Sie wog sie in der Hand und rollte sie zärtlich hin und her. Aber sie sah nicht die ihr innewohnende Schönheit. Was sie sah, war das Haus, das Mapuhi und Tefara und sie so sorgfältig im Geiste gebaut hatten. Jedes Mal, wenn sie die Perle ansah, sah sie das Haus in allen Details vor sich, einschließlich der achteckigen Pendeluhr an der Wand. Das war etwas, wofür es sich zu leben lohnte.

Sie riss einen Streifen aus ihrem Ahu und knotete sich die Perle sicher um den Hals. Dann ging sie den Strand entlang, stöhnend und keuchend, aber fest entschlossen, Kokosnüsse zu finden. Bald hatte sie eine entdeckt, und als sie sich umsah, eine zweite. Sie brach eine davon auf, trank die Milch, die schimmlig schmeckte und aß das Fleisch bis zum letzten Brocken. Ein wenig später fand sie einen zertrümmerten Einbaum. Der Ausleger war verschwunden, aber ihre Hoffnung wuchs und bevor der Tag vorüber war, hatte sie auch den Ausleger gefunden. Jeder Fund war eine Verheißung. Die Perle ein Talisman. Spät am Nachmittag sah sie eine Holzkiste, die tief im Wasser schwamm. Als sie sie an Land zerrte, klapperte der Inhalt und drinnen fand sie zehn Büchsen Lachs. Sie öffnete eine davon, indem sie damit auf das Kanu einhämmerte. Als ein Loch entstand, trank sie den Saft. Danach verbrachte sie mehrere Stunden damit, den Lachs herauszuholen, indem sie Stück für Stück heraushämmerte und –quetschte.

Noch acht Tage länger wartete sie auf Rettung. In der Zwischenzeit befestigte sie den

Ausleger wieder am Kanu, wobei sie zum Verzurren alle Kokosfasern verwendete, die sie finden konnte, und auch die verbliebenen Reste ihres Ahu. Das Kanu hatte große Risse und sie konnte es nicht wasserdicht bekommen; aber sie verstaute eine aus der Schale einer Kokosnuss gemachte Kalebasse als Schöpfer an Bord. Das Paddel war ein Problem. Mit einem Stück Blech sägte sie sich die Haare dicht über der Kopfhaut ab. Aus den Haaren flocht sie eine Schnur; und mittels dieser Schnur verzurrte sie ein einen Meter langes Stück Besenstiel mit einem Brett von der Lachskiste.

Mit den Zähnen nagte sie sich Keile zurecht und mit diesen Keilen spannte sie die Verzurrung fest.

Am achtzehnten Tag, um Mitternacht, brachte sie das Kanu durch die Brandung zu Wasser und machte sich auf den Rückweg nach Hikueru. Sie war eine alte Frau. Die durchlittene Mühsal hatte ihren Körper allen Fetts beraubt, bis kaum mehr als Haut und Knochen und ein paar Muskelstränge übrig blieben. Das Kanu war groß und hätte von drei starken Männern gepaddelt werden sollen.

Aber sie tat es allein, mit einem improvisierten Paddel. Außerdem leckte das Kanu stark, und ein Drittel ihrer Zeit musste sie darauf verwenden, es auszuschöpfen. Bei hellem Tageslicht hielt sie vergebens Ausschau nach Hikueru. Hinter ihr war Takokota hinter dem Horizont verschwunden. Die Sonne brannte auf ihre Nacktheit hernieder und raubte ihren Körper das letzte Quäntchen Feuchtigkeit. Zwei Dosen Lachs waren noch übrig und im Laufe des Tages schlug sie Löcher hinein und saugte die Flüssigkeit heraus. Sie konnte keine Zeit darauf vergeuden, das Fleisch herauszuholen. Eine Strömung setzte nach Westen, und sie trieb westwärts ab, unabhängig davon, wie weit sie südwärts vorankam.

Am frühen Nachmittag, aufrecht im Kanu stehend, sichtete sie Hukueru. Seine Fülle an Kokospalmen war verschwunden. Nur hie und da, in weiten Abständen, konnte sie die zerfetzten Überbleibsel eines Baumes sehen. Der Anblick weckte ihre Lebensgeister. Sie war näher, als sie geglaubt hatte. Die Strömung versetzte sie nach Westen. Sie stemmte sich dagegen und paddelte weiter. Die Keile in der Verzurrung des Paddels lockerten sich und sie verlor in regelmäßigen Abständen viel Zeit damit, sie wieder fest zu schlagen. Und dann das Schöpfen. Eine Stunde von drei musste sie das Paddeln einstellen, um zu schöpfen. Und die ganze Zeit driftete sie weiter nach Westen.

Bei Sonnenuntergang lag Hikueru südöstlich von ihr, drei Meilen entfernt. Es war Vollmond und um Acht lag das Land genau im Osten und war zwei Meilen entfernt. Sie kämpfte noch eine Stunde lang weiter, aber das Land blieb so weit weg wie vorher. Die Strömung hatte sie jetzt fest in ihrem Griff; das Kanu war zu groß, das Paddel unzulänglich, zu viel Zeit und Kraft verschwendete sie mit Schöpfen. Außerdem war sie sehr schwach und wurde immer schwächer. Trotz aller Anstrengungen wurde ihr Kanu nach Westen abgetrieben.

Sie schickte ein Gebet zu ihrem Hai-Gott, ließ sich über die Bordwand gleiten und fing an, zu schwimmen. Tatsächlich erfrischte sie das Wasser und sie ließ das Kanu schnell hinter sich. Nach Ablauf einer Stunde war sie dem Land merklich näher gekommen. Dann kam die Angst. Genau vor ihren Augen, keine sieben Meter entfernt, durchschnitt eine große Finne das Wasser. Als sie gleichmäßig darauf zu schwamm, glitt sie langsam davon, kurvte nach rechts und umrundete sie. Ohne die Finne aus den Augen zu lassen schwamm sie weiter. Wenn die Finne untertauchte, legte sie sich mit dem Gesicht nach unten aufs Wasser und hielt Ausschau. Wenn die Finne wieder auftauchte, schwamm sie weiter. Das Monster hatte es nicht eilig – soviel konnte sie erkennen. Ohne Zweifel war es seit dem Hurrikan gut genährt. Wäre es sehr hungrig gewesen, hätte es nicht gezögert, sie anzugreifen. Der Hai war fünf Meter lang und sie wusste, dass er sie mit einem einzigen Biss in zwei Hälften zerteilen konnte.

Aber sie konnte ihre Zeit nicht mit ihm verschwenden. Ob sie vorwärts schwamm oder nicht, die Strömung zog sie immer weiter vom Land weg. Eine halbe Stunde verstrich und der Hai wurde dreister. Da er keine Gefahr in ihr sah, kam er in immer enger werdenden Kreisen näher und betrachtete sie im Vorbeigleiten mit unverfrorenem Blick. Früher oder später, das war ihr klar, würde er genügend Mut gesammelt haben, um sie anzugreifen. Sie entschloss sich, nicht darauf zu warten. Es war eine Verzweiflungstat, die sie da plante. Sie war eine alte Frau, einsam im Ozean und erschöpft von Hunger und Mühsal. Und dennoch musste sie im Angesicht dieses Tigers der See seinen Angriff vorwegnehmen, indem sie ihn selbst angriff. Sie schwamm weiter und wartete auf ihre Chance. Endlich glitt er träge vorbei, kaum mehr als zwei Meter entfernt. Unvermittelt ging sie auf ihn los und tat so, als wollte sie ihn angreifen. Er schlug wild mit dem

Schwanz und schoss davon. Seine sandpapierartige Haut erwischte sie und schürfte ihr die Haut vom Ellbogen bis zur Schulter ab. Er schwamm schnell in einem größer werdenden Kreis und verschwand schließlich.

In einem Loch im Sand, gedeckt mit Resten von Blechdächern, lagen Mapuhi und Tefara und stritten sich.

"Wenn du getan hättest, was ich dir gesagt habe," warf ihm Tefara zum tausendsten Mal vor, "und die Perle versteckt und keinem was davon gesagt hättest, dann hättest du sie noch."

"Aber Huru-Huru war dabei, als ich die Muschel geöffnet habe – habe ich dir das nicht schon tausend und abertausend Mal gesagt?"

"Und nun werden wir kein Haus haben. Raoul hat mir heute gesagt, wenn du die Perle nicht an Toriki verkauft hättest –"

"Ich habe sie nicht verkauft. Toriki hat mich beraubt."

"– wenn du die Perle nicht verkauft hättest, würde er dir fünftausend französische Dollar geben, und das sind zehntausend Chile-Dollar."

"Er hat mit seiner Mutter gesprochen," erklärte Mapuhi. "Sie hat einen Blick für Perlen."

"Und jetzt ist die Perle verloren," beklagte sich Tefara.

"Ich habe meine Schulden bei Toriki damit bezahlt. Also habe ich immerhin zwölfhundert verdient."

"Toriki ist tot," jammerte sie. "Sein Schoner ist spurlos verschwunden. Er ist zusammen mit der Aorai und der Hira untergegangen. Wird dir Toriki die versprochenen Dreihundert in Waren bezahlen? Nein, denn Toriki ist tot. Und wenn du keine Perle gefunden hättest, würdest du heute Toriki die Zwölfhundert schulden? Nein, denn Toriki ist tot und tote Männer kann man nicht bezahlen."

"Aber Levy hat Toriki nicht bezahlt," sagte Mapuhi. "Er hat ihm ein Stück Papier gegeben, das in Papeete gut für Geld war. Und jetzt ist Levy tot und kann nicht bezahlen. Und Toriki ist tot und das Papier ist mit ihm verloren und die Perle ist mit Levy untergegangen. Du hast recht, Tefara. Ich habe die Perle verloren und nichts dafür erhalten. Jetzt lass uns schlafen."

Plötzlich hob er die Hand und lauschte. Von draußen kam ein Laut wie von schwerem und gequältem Atmen. Eine Hand tastete nach der Matte, die als Tür diente.

"Wer ist da?" rief Mapuhi.

"Nauri," lautete die Antwort. "Kannst du mir sagen, wo mein Sohn ist? Mapuhi?"

Tefara schrie auf und packte Mapuhis Arm.

"Ein Geist!" sagte sie mit klappernden Zähnen. "Ein Geist!"

Mapuhis Gesicht hatte sich zu einem ungesunden Gelb verfärbt. Er klammerte sich schwach an seine Frau.

"Gute Frau," sagte er stammelnd, bemüht, seine Stimme zu verstellen, "ich kenne deinen Sohn gut. Er wohnt auf der Ostseite der Lagune."

Von draußen kam ein seufzender Laut. Mapuhi fühlte sich beschwingt. Er hatte den Geist genarrt.

"Aber woher kommst du denn, alte Frau?" fragte er.

"Aus dem Meer," kam die niedergeschlagene Antwort.

"Ich wusste es, ich wusste es!" kreischte Tefara und wiegte sich vor und zurück.

"Seit wann schläft Tefara in einem fremden Haus?" klang Nauris Stimme durch die Matte.

Mapuhi blickte voller Furcht und Vorwurf auf seine Frau. Ihre Stimme hatte sie verraten.

"Und seit wann verleugnet Mapuhi, mein Sohn, seine alte Mutter?" fuhr die Stimme fort.

"Nein, nein, ich habe dich nicht – Mapuhi hat dich nicht verleugnet," stieß er hervor. "Ich bin nicht Mapuhi. Ich sage doch, dass er am Ostende der Lagune ist."

Ngakura setzte sich im Bett auf und begann zu weinen. Die Matte bewegte sich.

"Was tust du da?" wollte Mapuhi wissen.

"Ich komme rein," sagte Nauris Stimme.

Ein Ende der Matte hob sich. Tefara versuchte, unter die Decke zu tauchen, aber Mapuhi hielt sich an ihr fest. Er musste sich an irgend etwas festhalten. Zusammen, miteinander ringend, mit zitternden Leibern und klappernden Zähnen starrten sie mit hervorquellenden Augen auf die sich öffnende Matte. Sie sahen, wie Nauri, triefend vor Seewasser und ohne ihren Ahu hereinkroch. Sie fuhren vor ihr zurück und versuchten, sich gegenseitig Ngakuras Decke zu entreißen, um sich darunter zu verstecken.

"Du könntest deiner alten Mutter einen Schluck Wasser anbieten," meinte der Geist kläglich.

"Gib ihr einen Schluck Wasser," befahl Tefara mit zitternder Stimme.

"Gib ihr einen Schluck Wasser," gab Mapuhi die Anweisung an Ngakura weiter.

Und gemeinsam stießen sie Ngakura unter der Decke hervor. Eine Minute später riskierte Mapuhi ein Auge und sah den Geist trinken. Als der eine zitternde Hand ausstreckte und auf seine legte, fühlte er ihr Gewicht und war endlich überzeugt, dass er keinen Geist vor sich hatte. Dann kroch er hervor, zerrte Tefara hinter sich her und ein paar Minuten später lauschten sie alle Nauris Geschichte. Und als sie von Levy berichtete und die Perle in Tefaras Hand legte, da war sogar die damit versöhnt, wieder eine reale Schwiegermutter zu haben.

"Morgen früh," sagte Tefara, "wirst du Raul die Perle für fünftausend Französische verkaufen."

"Das Haus?" protestierte Nauri.

"Er wird das Haus bauen," antwortete Tefara. "Er sagt, dass es viertausend Französische kosten wird. Außerdem gibt er uns für tausend Französische Kredit, das sind zweitausend Chilenische."

"Und es wird zehn Meter lang sein?" zweifelte Nauri.

"Ay," antwortete Mapuhi. "Zehn Meter."

"Mit der achteckigen Pendeluhr im Mittelraum?"

"Ay, und auch mit dem runden Tisch."

"Dann gib mir etwas zu essen, denn ich bin hungrig," sagte Nauri befriedigt. "Und danach wollen wir schlafen, denn ich bin müde. Und morgen müssen wir noch einmal über das Haus reden, bevor wir die Perle verkaufen. Es ist besser, wenn wir die zweitausend in bar nehmen. Geld ist noch besser als Kredit, wenn man von den Händlern etwas kaufen will."

www.ingramcontent.com/pod-product-compliance
Lightning Source LLC
Chambersburg PA
CBHW030530260626
47157CB00005B/1964